灯心草

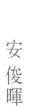

安俊暉

思潮社

目次

自分を留めよ
小さくとも
自分の像をむすべよ
そして自分の内に
仄かではあっても
かの永遠の灯を
見つめよ

灯心草

一章　すべて神の導きにありますように

これからの生活は、すべて神の導きにありますように。

常に清貧と従順の気持を持ち続けなければならない。
不平は全てエゴイズムから来ることを知らなければならない。

私が望むのは、狭く貧しくとも自分の居場所、一人静かに読書し思索していられる場。
そして心から語り合える友。

他に自分より貧しい生活をしている者がいれば、自分が心から幸福になることはできないのであるから、多くのものを望んだり、自分の貧しさを憂いたりしてはならない。

私の貧しさは、私自身の幸福のためなのである。

私の弱さは私の強さである。

私は私の弱さによって、有限なるもの、儚き無益なものを失うだけ失い、失えるだけ失い、それらすべてを失い続けながら、かの永遠なるもののもとに留まりたい。

そして、仄かではあるが、一すじの永遠なるものの灯として灯り続けたい。

ここに記されることは、真に私の思索から滲み出たもの、その跡を留めるものでありたい。

永遠なるものの跡影を留めるものでありたい。


私はいかに生きるべきか、何が善と呼ばれるべきか、この世で最も美しいものとは何か。

有限なるもの、そして無限なるものとは一体何か。

永遠と有限との違いは、段階的程度の差ではない。
その差は、絶対的である。

常にその永遠なるものを、絶対的なものとして、無条件に受け入れなければならない。

真理の道を歩もうとするものは、一時その他の一切のことに耳をふさぎ、目をつぶり、沈黙を守らなければならない。

その外には何もなかったかのように生きなければならない。

明日をも知れぬ身をもって、明日を誓ってはならない。
たとえ誓っても無効である。

言葉でそれを誓うよりも、そう思ったら、そのことは胸に秘め、その時が来たら
黙って実行すればいいのである。

時が来れば、成るものは成るのである。

いくら誓っても公表しても、成らないものは成らないのである。

いよいよその時が来て成るときは、黙って確固たる決心をもって実行するがいい。

その時が来て出来ることを、その都度なしてゆけばいいのである。

今は今出来ることをなすことである。

出来ないことをしようとしてはならない、また今出来ることを、すべきことを怠ってはならない。

すべて浪費は苦しみである。
思いがけず心は動揺し、自ら空しく苦しむ。

本当に必要なとき、私は心から求めるであろう。
そして、与えられたならば、心底満ち足りて心から感謝するであろう。

必要を過ぎたものは、全て苦しみとなる。
その都度の必要量が、真の満足の尺度である。

人が必要なものを求め、必要なものに甘んじるならば、どんなにか平和で充足された気持ちでいられることであろうか。

そして、深い感謝の念が、どんなにか人の心を幸福にし得ることであろうか。

人が真に幸福になるためには、守るべき原則を踏むより外はない。
それは、偶然によって得られるものではない。

そのためには、今まで有して来たものの内、それに合わないものを、どれだけ多く切り捨てたかが問われなければならない。

それまで通りのままでその原則に従うことは出来ない。

自分の求めるべきものを求めるためには、その他の全てを断念しなければならない。

それは死の前の覚悟に似ている。

人の善には絶対的な価値がある。

そして人は、それに到達することによって、他には見出すことのない幸福に到達し得る。

しかも、その善への道は、全てそれを求める者に平等に開かれているのである。

いかなる方法により、いかなる道を辿ろうとも、結局到達すべきはそれであり、それにより初めてそれまでの全てが充足されるのである。

本来善である人間が善でないということは、その人がその人の善に目覚めていないからである。

善を行う人間は、永遠に存在するものに加え、悪を行う人間は存在しないものに加えるのである。

故に善を行うものは永遠の報酬を受け、悪を行うものは永遠の罰を受けるのである。

悪による罰とは、存在しないものに加え、存在するものを永遠に失うことである。

善が永遠に存在する限り悪は永遠の罰である。

本来善であるものが善でなくなるのは人間だけである。

私が自分の道に進み、何にもならないと思われるような人間になったとしても、
外でもないまさしくそれが私の姿なのであるから仕方がない。
その外に私はないのである。

私の人生の道は、自己の存在を確立するための自己の天職への道である。
たとえいかなる困難が伴おうとも自分の天職を全うせずして私の人生はない。
私の人生のないところで私の幸福はない。

他の全てを失おうともその天職を全うしなければならない。

その外に私の人生の道はない。

ある大きな目的のためには、少なからぬ準備期間が伴うものである。

その目的が崇高なものであり、善いものであればある程に、それはその人を崇高なものに、善いものに高めずにはおかないものである。

その期間は、何ものにも代えがたい尊いものであり、その意図するはずの目的の遂行よりもむしろ価値のあるものである。

人は時に苦しみと感ぜられるその試練の準備期を憂いてはならない。

その期間を喜ぶべきであり、しかもなお、その期間が短くなってゆくのを、大切なものを失うがごとくに心から惜しいと思わなければならない。

一時を焦り、その時の命を何ゆえに失おうというのか。

一体何に遅れると言うのであろうか。

人は絶えず何かに取りつかれ焦り、遅れまいとするが、一体何に遅れるのか少しも分かっていない。

遅れるというのであれば、時間の中にあること事態すでに遅れていることなのではないか。

空しき時の流れのなかにあること事態、最早絶対の遅れなのではないか。

空しき時の流れに自分を限るものは永遠を知らぬものである。

移ろう時のなかに永遠なるものを見つめ立ち止まることが、一切の空しき時の流れからの解放である。

明日への思い煩いが不安定の原因である。
たいがいは前もって考え計画していたのとはおよそ違ったものになるものである。

案ずることは限りなく、起ることは、ある一つのことである。

成されるように成る時に、成るように成るのである。
その期を逸せずに成すものが最もよく成すものである。

私の成すことが神の導きに入っているかどうかである。

時は、日夜私をおそい苦しめ、空しく去ってゆく。
私の肉体も時と共に去ってゆく。

しかし私の肉体がすっかり滅び去ろうとも、今のこの我という確かな実感は残らなければならない。

私がその時神の創造の本来の目的に、その定めに従っていたならば、その時の私の一時の苦しみは永遠の喜びとなっていたであろう。

愚かなることである。
無益なものにより、永遠なるものを失い、さらに今このように、また現実的にもひどい罰を受けなければならないとは。

それなのに昨日もそのようにして、今日もまたそのようにして、明日も明後日をも苦しみたいのだとは。

無益がそんなにいいものなら、今の自分の受けている苦しみがいか程かを思えば、昨日の無益が今日の苦しみを補うことが出来るのかと問えば、答えは言うまでもないものを。

崖から一歩踏み出せば落ちるというとき、その一歩を踏み出せば必ず落ちるのである。

今の私が受けている苦しみは当然なものであって、少しも不当なものではない。私はそれだけのことを為したのであるから。

物事を正しく見ようとするものは、そのために不利なものを取り除いて見なければならない。

今の時をよく生きるものは、次の時をもよく生きるものである。

今の時は今の時であり、次の時は待つ時ではなく、今の時に訪れて来る時である。

今日という日をおいて、何故に明日を望むのか、明日は待つ日ではなく今日という日に訪れて来る日である。

神以前のいかなるものをも神に置き換えてはならない。

神という言葉も神そのものではないのである。

神とは、その名で理解されるものではなく、その名によって指し示されようとするものである。

人は富や地位によって自由になるのではない。
むしろそれらをすべて失い、これ以上失いうるものは自分の命だけであるという
ときに初めて自由となるのである。

有限なるものと無限なるものとの関連を生きなければならない。
その上で無限なるものを見つめて生きなければならない。

かの灯を見つめている時が、最も私が本来の自己である時である。

時は過ぎて見れば一瞬であり、一瞬は無である。
かくて有限なるものは時と共に去りゆく一瞬であり無である。
永遠なるもののみが、時を超えて永遠である。

一瞬のなかに永遠を見る。

言葉によってなし得ぬことは沈黙によってなし得る。

沈黙は言葉が望む全てを含むがゆえに、言葉を必要としないのである。

私は家に帰るべきではない。

古い家を土台にして自分の家族を作ったり、またその中に自分を置いたりすべきではない。

私は新しき自分に自分を築き、そこに新しき全てを育てて行かなければならない。

私はすっかり新しく育ち切ってしまわなければならない。

今までの自分を取り巻いていた人達、今までの自分が私であると思っている人達、今までの自分に私を留めおこうとする人達から脱し逃げ去らなければならない。

自分をいい加減なごまかしの人間に留めおこうとする人達から逃げ去らなければならない。

そして最早その自分に戻ってしまう心配はない、自分はすっかり新しい人間に生まれ変わってしまったと思われるまでは、決して自分の古い人間を許してはならない。

精一杯、その都度のより新しき自分を生きなければならない。
その新しい自分を私とする新しい人達の中で、私は脱皮に脱皮を重ね、絶えず新しく生まれ変わってゆくのである。

軽やかに翻る蝶の涼しげな姿には、かつての幼虫の面影はない。

人の善、神が定めた秩序と調和、それのみが確かなものである。

人間は、この調和された秩序を一寸でもないがしろにすれば、その分自ら壊れ倒れるのである。

ひいては自らの破滅をも齎すのである。

いかに神による秩序が全てに行き届いていることか、かくて万物は神によってなり、神によってあり、神に帰するのである。

この頁を読んでいる今、この本を読み終えることを考えてはならない。
次の本のことを考えてはならない。

目的地に着くか着かないかを思い煩うよりも、こうしていれば必ず着くと思われるものに力を尽くしていればいいのである。

なさざる時になすものも、なすべき時になさざるも、弊害を受けるのは同様である。

働き過ぎも、働かないのも、休まないのも、休み過ぎも、同様に害を被らなければならない。

完全を望み、より不完全に陥る。

不完全なものを背負って立たなければならない。

その不完全を背負うのを止める時、より大きな不完全に陥るのである。

人が強い人間であるためには、苦痛に対する、穏やかな悟りの心情が必要である。

私の自分勝手な感情の高まりや停滞とは関係なく存在する普遍的なものを覚える。吹く風にも、それに揺れる木々の枝葉にも、その裏に秘めたる普遍的なるものを覚える。

その時、私の心は初めて穏やかに落ち着く。

今の自分は、今はいい、そう思いながらそっと、しかし心から感謝する。

二章　かの灯を見つめて

私は自分のために生きるのでもなく、人のために生きるのでもなく、かの永遠なる灯のゆえに生きるのである。

その時初めて私は自分のために、人のために生き始めるのである。

あらゆる運動には、その目指す方向と目的がある。

人は絶えずより善であり、より存在であろうと運動し続ける。そして人は、より善であり、より存在であるときに初めて永遠性に触れるのである。

ある崇高な目的の為に生きなければならない。そのために生き、かつ死なねばならない。

決して無理をすることなく、その時々の自分の能力に合っただけ、自分の能力で可能な範囲内において、日々倦まず弛まず生き、努力してゆくことである。

望む山が高ければ高い程に、その頂を見てはならない。ただ力を尽くして、その今の一歩一歩を登るだけである。

下手に焦ってあれこれと手を出して動き回ったりせず、じっと忍耐しながら、移ろいやすいその時、その気分の去るのを待たなければならない。

暇の時を無益なものと思ってはならない。
そのぼんやりとした無目的の意識の空白の時に人は、それだけしかなかったその人の範囲を突き破っているのである。

人の言葉によって、今のものを急に手放して他のものに飛びついたりしてはならない。
今のままでいい。

生きること、見ること、考えること、真理の確実な存在を確かめてゆくこと。

自分の運命を受け入れるまでには、それなりの時間と苦悩が伴うが、それを受け入れなければ自分はいつまでもない。

自分が自分であること、自分でしかあり得ないこと、その自分の運命を受け入れる時、人は初めてそこに灯を見出すのである。

闇が暗ければ暗い程に、その暗さを受け入れる時に、人はかの灯の明るさを見出し得るのである。

自分を得ることは、全てを得ることである。
その本来の自己の一点から全てを得る。

この時を留めるがいい。
出来得る限り留めるがいい。
他の何ものもこの時のかわりに欲してはならない。

直観的に感じている使命感とその可能性の予感が、苦悩深き青年時代を通して私の心を支え続ける。

あの探し求めて、求めて止まなかったものが、つきせぬ泉のごとくに湧きいづり、
私の心を満たしはじめる。

自分の運命を受け入れた時、そしてそこから偽りのない自分の真の姿を見出し、
自己本来の自分の人生の使命とその可能性の糸口を見出し始めた時。

人を排斥することからではなく、その人がそこに到ったのは何故かと理解する愛の精神から始めなければならない。

私は人間に信じ得るものを見出したい。
そして結局人間は、信じ得る本質によっていると言いたい。

全てのことからよいものを引き出してゆかなければならない。
全てのものが自分にとってはよいものであったと言いたい。

自分の運命の全てを、自己の発展の為に、高き人格の完成に役立ててゆかなければならない。

人は一人で生れ一人で死ぬ別々の存在である。
一時は一心同体と思う者も二心異体である。
本来孤独である人の姿を素直に悟り、理解し、愛してゆかなければならない。

相手を包容し、愛し得る人は、相手も結局は孤独の存在であり、自分とは別個の人であるというその人間本来の姿を知り得る人である。
それ故、愛を知るものは、その人間の本来の姿を知る者である。

愛の名によって要求し奪おうとする時、愛は私達を去り、私達は愛を失って壊れる。

愛は簡単に憎しみの情にも変わり得るものである。

愛とは、我々に愛があるかどうかではなく、愛を実践しているかどうかである。

他の人のいかなる考え、助けも、自分が考え為すのを助けるに外ならない。

自分の代りに考え為してくれる人はいない。

自らの罪も、自ら背負い克服してゆく外はない。

私には神聖な義務がある、それ以外には何も求めてはならない。
何ものにも執着してはならない。
さもなければ私は自分を失う。

許された生き方にある時に、私は全てを得ることを許されるが、その生き方を失う時、私は全てを失う。

生きる苦しみは、生みの苦しみであって、決して苦しみのみで終わるものではない。

自分の内側に目を向け続けなければならない。
それに耐えられず外に向かってはならない。

自分のことを言い過ぎたり、それが昂じて自分を誇り始めたり、その前でキリッと結んで止めてしまえばいいのに、最後のその無意味な付け足しによってそれまでの全てを失ってしまう。

人に依存してはならない。
人を理解し、愛してゆく時に、私はその人に支えられている。
私はその人とのその関係によって支えられているのである。
私はその人を支える時にその人によって支えられるのである。

私がその人を支えているというよりも、その私の在り方を私に与えてくれている
その人が私を支えているのである。

その人を本当に理解することから生まれ出る真の愛によって私は生かされるので
ある。

その在り方が、私に許され与えられる在り方である。

自分が高きものによって完全に理解されているのを知らなければならない。
完全にそして常にである。

人に自分への理解を求めてはならない。
そして人を完全に理解し得るなどと思い上がってもならない。
人を解ろうと努力する義務が私にはあり続けるのみである。

気分の冴えない時でもじっと耐え忍び待つことを。

自分の気分の如何にかかわらず、着実に自分の義務を果たしながら、じっと耐え忍び待つことを。

自分の人生を受け止めることを。

悪に、内面的な悪に打ち克ち得たその瞬間から祝福を受け始める。

誰によってか、神によってと言う外はないであろう。

神の存在の一つの徴。

感情から離れて、それが何かと明晰に判断し得る心を持ちたい。

邪念は精神のエネルギーを食い尽くす。

人間は何かのために長い間、その事のみに限って時間を使うようには出来ていない。

仕事のみも良くはないし、休息のみも良くはない。

学問も青年の時だけに限ってはならない。

細く長く、命ある限り、生活のある限り、その毎日の生活の中に織り込んでなしてゆくべきである。

仕事のみにならぬように、休息のみにならぬように、そして机に向かったきりにもならぬようにするのが、学問をより楽しく長続きさせるものである。

生活はそれらすべての総合によって成り立つことを忘れてはならない。

その毎日の生活のある時に、もしあるまとまった読書と思索の一続きの時が欲しいと思うことがあったとしたら、その時は、僅かではあるが、今自分に与えられているこの読書と思索の時を失う時である、と自分に言いきかせなければならない。

読書と思索の時を想像してはならない。
日々の生活の中に与えられるものが、実際に与えられるその時であり、想像の時はむしろそれを失う時である。

その事を前もって知り、僅かでも日々の生活の中に与えられるその時に力を尽くしていなければならない。

それらの日々の中に与えられるそれらの時を生きることを学ばなければならない。

波乱に富んだ人生と生活が私を救ってくれる。

それを恐れてはならない。

それによって私は生かされているのである。

その時のことが、いくら苦しかったことであっても、人はその時の過ぎてしまった感覚を再現することはできなくなっている。

そして人は同じことを何度も繰り返す。

必要以上のものは全て私を苦しめるばかりである。
より少なめの収入は、心身ともに浄化する。

自己の天職によって得られる結果の生活能力が本当の自分のものである。
必要なものは、少なめに、しかも充分に、そのなかで与えられる筈である。

人はそれぞれ全て、自己の天職に目覚めるために生き、その後はその自己の天職のみによって生きるべきである。

気分が低迷している時は、自分の勝手な気分がそういう状態にあるのであって、客観的真理そのものには何ら変わりはないのである。

真理そのものが変わり去ることはないのであるから、自分勝手な気分が変わり去るのを待ち、去らせることである。

そうしたら、しばしそのために見失われていた真理はまた見えて来るであろう。


気分の優れない時も、その自分の勝手な気分を超えて堅実に自分の義務を果たしてゆくこと、自分の勝手な気分よりも上に立って自分の信じている価値に絶えず自己を進めてゆくことである。

自分勝手な気分に頼ってゆくよりも、コンパスに頼ってゆくべきこと、コンパスの方が確かな指針であること。

決断を下す時、自分の勝手な気分によらずその真理のコンパスによって為してしまうこと。

その後で自分の勝手な気分が変わり去ってゆくのを見ていればよいのである。

その決断は、自己の全てを得るか失うかの決断である。

自己の全てを得る決断に踏み切った時から人はそこに限りない祝福を受けはじめる。

話をどこで切るべきか。
充分以上に話してしまっては、それを色褪せたものにしてしまうか、あるいはすっかり台なしにしてしまうかである。

もう一寸という残念な気持ちを抑えて、多少早めに切ってしまうことである。
そうすると丁度良い時に切り得る。
あとは沈黙とその余韻にまかせることである。

わが態度を常に砕きたまえ、そしてそこから真実の私を生かしたまえ。
私に与えられている弱さがどんなにそれを助けていることか。

大きくではなく真実の自己、小さくとも真実そのものの自己、そこから全てを超える無限がある。

物を余分に持つことがどんなに私を苦しめることか。
必要なものだけが私を満たし、より少なめなものは私を浄化する。

私が必要以上のものを持ち始めたその時から、それは私の精神の最も大切な部分を食い尽くし始める。

今日は冴えない日である。

しかし冴える日も冴えない結果になる場合もあり、冴えない日も冴える結果になる場合もある。

いずれも同様に受け入れ、その日その時果すべきことを果しゆくことである。

その日その時の気分に依存することなく、それを支配してゆくことである。

私は自己の天命を全うしなければならない。
そのためには、家に帰ってはならない。
兄弟のなかに居てはならない。
血縁の関係の人達のなかに入り住んではならない。

私がそれを忘れる時は、人類の一人の人間としての命を私が失い始めるときである。

その時思い切り力を尽くしてなすがよい。
他の機会を思ってはならない。

同じことを再度なし得ると思ってはならない。
許されるのはその時のみである。

その好機はその時一度のみなのである。
その時それを得ないものは、他の時にそれを得ることはないであろう。

今の時は今の時のみである。
今の時に今の時を得なければ他の時にそれを得ることはできない。

今この時にその奥に潜むものを逸すれば、二度とそれは戻らないのである。

自分の道をまっしぐらに進むこと。
それを失ったら私はもうない。

相手が求めた時にのみ与えること、それも必要なだけ、相手が問う時にのみ答えること、それも必要なだけ。

それ以上は、相手の個としての自発性、自由な人格性への侵害である。

その人自身の主体である人格の目覚めと形成を妨げないように配慮することは、与えすぎず、答えすぎないことである。

人は自分の力で自分の荷を背負い、自分の力で立ち、歩まなければならない。
その人の代わりにその人の荷を背負い立ち歩み得るものはない。

人の考えを尋ねることはできるが、結局は自分で考えてゆかなければならない。
その人の代わりに考えてあげられるものはない。

私の知らなければならないことは、人間の限界を知ること、人間の悲しみのぎりぎりの所まで知ること、それ以上は神が知り給うことである。

私は何時から、自分のものでないものを自分のものと言うようになったのであろうか。

言葉の彼方について語り得る共通点、真の人間関係。

私に天命の命がある限り、私は不死なる存在である。

その者にとって必要なもののみがその者を満足させ得るのである。
必要なものとはその日々にとって必要なものだけである。

余分なものを所有してはならない。
余分なものは満たすことを越えて、今度はその者を苦しめ始めるのである。

自分のまわりの全てが、日々の必要なものを満たすものとして存在しなければならない。
その時の私は感謝で満たされた気持ちで一杯であろう。

他の人にそう生きて欲しい生き方を自分が生き、他の人にそうなって欲しいと思うものに自分がなるように。

高遠な理想をもって生きる者は、他の人々の有しないような辛苦の数々を背負わなければならず、その理想に生きるもののみが、それら全てに耐え、彼岸にまで到達し得るのである。

何時何処にあっても、如何なる境遇にあろうとも、かの灯を点し続けなければならない。

幸福への可能性は、いかなる境遇のもとにあっても存在すると思いたい。
それは、外からではなく、その人の境遇に対する態度の内部から生まれ出づるものと信じたい。

自分に与えられているものが、如何なる状態のものであろうとも、私から内面的自由を奪うものでない限り、私から幸福への可能性を、かの灯を奪い去り得るものはない。

その時私は、それで幸福なのだ、これでいいのだと言いたい。

如何なるものにも驚いてはならない。
何事をも恐れてはならない。

移ろうものは移ろわせよ。
行くものは行かせよ。
去るものは去らせよ。
去るものに留まってはならない。
移ろうものに留まってはならない。
かの灯を見つめ離すことをするな。

平凡な日常生活の中にあっても、かの灯を、のちの波乱の人生の中にあっても、
かの灯をそっと胸に点し続けよ。

かの灯以外のものを見てはならない。
かの灯以外のものを語ってはならない。
それ以外について聴いてはならない。
それ以外には知らなかった者のごとくに、そのことのみを見つめ語り聴けよ。

私の人生はそのためにあると思う時、それ以外のものを心にかけて生きてはならない。
それ以外の役割に生きてはならない。

幸福は他の人のために、自分にはそのためのみをめざして生きよ。

いかなるものが与えられようとも最低の生活をせよ。
絶対必要なもののみの、それ以外のものに心を許してはならない。

自分のものは自分が新しく創ってゆかなければならない。
古いものに心を許してはならない。
常に新しく生れかわり続けなければならない。

下手な生活の中に陥り込んでしまってはならない。
結局、私の人生の日々は私の人生を生かすもの、私の命はかの永遠の灯のもとに生き続けることであって、日々私を生かすものは必要以上に食べることでもなければ、必要以上に持つことでもない。

自分を偽ってはならない。
真に自分が生きるに値すると信ずるものに生きなければならない。

かたくなな心を捨てて、充分心を砕いて、そこから本当のものによって立ち上がらなければならない。

そこに揺るぎなき自分を留めてゆかなければならない。

私は、私の義務であり、仕事であるかの灯への探求を続けてゆかなければならない。

その時、何を食べるか、何を着るかで思い煩ってはならない。
一切の思いを自分の義務であり仕事であるかの灯への探求にかけ続けよ。
光を求めてまっしぐらに飛翔するもののごとくにかの灯をめざし、わきめも振らずに飛び続けよ。

その他の一切のことにかかわり心を煩わせてはならない。

かの灯が私の胸に点る時、私がその灯を見つめ抱き続け、私の胸の内に絶えせぬ灯とする時、私は全てを得る。

私にとって必要な全てを、その絶対必要量に於いて得る。
その時私は、全てを生きたものとして得る。

そしてその絶対必要量に於いて私も生きるのである。

私の今の生活は、かの灯を見つめ抱き続けるにうとく、私に於ける全てが、その絶対必要量を上まわり過ぎたが故に、私はすべてを失い始めているのである。

私は全てを受け入れるが、全てを否定しなければならない。
生きた私が全てを生かさなければならないからである。

全てが肯定されるためには、全ては否定されなければならない。

相手の中に本質的に宿しているかの灯に心をかけなければならない。
その本質的に善なるもの、その人の良さに心を寄せ信頼してあげなければならない。

一つの小さな芽生えが、そこでは水を与えられ、やがて善となり美となり花開くのを見守り続けなければならない。

即座には受け入れられなかったことでも、それが正しいことであるならば、正しさにはかなわない。

人はその正しさにじわじわと征服されてしまうのである。

結局人は、その正しさの前では、跪かなければならないのである。

正しさを人に強要するよりも、人のなかにその正しさが勝を占めるのを見守り居ればよいのである。

真実なるものの勝利は、人自らの内になされるのである。

いかなるものも代価を払わず得ることはできない。

そのものが素晴らしいものであればある程に、その価値が高ければ高い程に、私はより着実にその義務を果たしてゆかなければならない。

よりいっそうそれ相当の代価を支払ってゆかなければならない。

全てがそこにあるのであるから、焦ってはならない、その他のものに目を移してはならない。

その他のものの全ての全てがそこにあるのであるから、そこを見つめ続けよ。

私はそこに全ての全て、一切の全てを得るであろう。


その全ての全てへの自分の生き方に従ってゆかなければならない。

その秩序を乱してはならない。

そこに全ての全て、一切の全てがあるのである。


それを求めてはならない。

真に求めるべきものを求める過程に於いて、その都度それは与えられるものであって、それそのものを求めてはならない。

かの灯のもとに君が、僕が、君と僕が、君と僕の愛が、全て生まれ始める。
全てを欲する者は全てを捨て、かの灯を求めよ。
全ては与えられるであろう。

無理することなく、さりげなく自分の道を歩んでゆくことである。
何処に行こうとも人間がいる限り恐れはしない。
人間の仲間が待っている限り。

何よりもまず自分にとって最高価値である人生の使命に目覚め、それを果たすことを第一義とすること。

そしてその他の全てはその過程に於いて与えられるものを必要な分、感謝の念をもって受けること。

そしてそれは決して第一義のものを上まわり損なうことがないように、それを支え助けるものであるように細心の注意を払い調節してゆかなければならない。

かの灯以外には、何ものをもその目的として求めてはならない。
ただひたすらにかの灯を求めよ。

その求めゆく過程に於いて与えられるもののみを感謝の念を持って受け入れよ。
かの灯のゆえに全てを投げ捨てたとしても、かの灯のゆえに再び必要とする全てを得るであろう。

その人にとっての全ては、その人が真に必要とするもののみである。
その人が必要とするもの以外は、その人には必要ではないのである。

二人だけの愛に頼んではならない。
愛の喪失によって全てを失うであろう。
二人だけの愛を目的としてはならない。

かの灯を求め続ける人生の歩みに於いて、二人の愛もその他のものもすべて与えられるのである。
二人の愛だけに愛を求める者は、その愛の喪失によって全てを失う。

二人は祈りの言葉をもって限りなく結び合い、進んでゆかなければならない。
それが二人の愛を支え救うものである。

今はこの頁に全てがあるのであるから、先を焦って頁をはぐってはならない。

今はこの頁に漂っているがよい。

その全てが充分に消化吸収されるまで次の頁に移ってはならない。

それでもなおこの頁が読み終えられるように、いずれ全ては終わるのである。


今のこの時に全てがあるのであるから、先を焦って他の時に心を移してはならない。

今はこの時に漂っているがよい。

その全てが充分に消化吸収されるまで次の時に移ってはならない。

それでもなお今のこの時が今終わってゆくように、全ての時はいずれ終わってしまっているのである。

人の自発、その自然の自発が神の意図となるのであろう。
私は私の自発に従ってゆかなければならない。

かの灯のゆえに断念した者は、かの灯のゆえに断念したものをその真の生きたものとして与えられるのである。

かの灯を求めよ。
しかるのち与えられるものを受けてゆけよ。
そこに全てを与えられることによって得てゆくであろう。
断念し続ける者は与えられ続けるのである。

地に足が着いた思索を続けてゆかなければならない。
それには浮ついた生活様式を全て地に着いたものに改めてしまわなければならない。
自分の思想と生活を切り離してはならない。
自分の思想活動と生活は一体でなければならない。
貧乏を覚悟の自分以外の自分を許してはならない。
自分の思想のなかだけにしか私の生きる道はないのである。

自分の思想はこれで、私の生活はこれでなどという器用な偽りを言ってはならない。
私は信ずる。
そしてそれに自分の全てを委ねよう。
その真実の私に対する準備は私の理解を超えてあるにちがいない。
私はそれを信じよう。
私の理解を超えて私を支えるものがあるにちがいない。
私はそれを信じて一歩を踏み出して見よう。

いつかまた私に与えられる運命に無理なく生きる時は、そのいつかのために全てが準備されているに違いない。
それは今の私の心配すべきことではない。

今の時が、今の私には無理のない最もよい時なのである。
その最もよい時を受け入れていなければならない。
今の私には今が全てなのである。
今が最もよい時なのである。

焦ってはならない。
私には今のような時が、私が思うよりも長く必要とされているのかもしれない。
私はそれに従いいる時最も祝福を受けているのであろう。

未来に対する憶測の一切を禁ずる。
ひたすら神の導きを待つのみの身となって、自らの天命を完うして居ること。
それが私の生涯であること。

地の塩となるために存在すること。
自我のためではなくして、地の塩であるために、
自己の務めのゆえに、ひたすらに存在し続けること。

創造的であるものは全てその底に、苦悩の影を宿している。
その苦悩によく耐えるもののみが真に創造的であり得る。

受け入れなければ卑怯者とされ、耐えなければ弱虫とされ、結局受け入れ耐えるより外はないのである。

そう思ってしまうと、受け入れることも、耐え忍ぶことも軽減され、ほっとする。

過ぎ去るものと過ぎ去らぬものとは相反するものではない。
過ぎ去るものは過ぎ去らぬもののためにあるのである。
過ぎ去るものの中に過ぎ去らぬものの現われを見ることである。

私は今この不思議な孤独の時にありながら穏やかだ。

この穏やかな充足した安らぎにある時、今までの自分に積って来た、あらゆる不浄な暗い影のようなものを、少しずつ浄化しつつあるように覚える。

今はそっとしていたい、このまま。

魂の自由の内に、自己が充足され育つのを覚える。

三章　耐え忍び待つことを

全てのものに融合して居りながら、過ぎ去るもののなかに過ぎ去らぬものを、移ろえるもののなかに移ろえぬものを、かの灯を見つめて居り続けることを。

人の核心に融合すること、自分が自分の世界から見るように、人の世界からも見ることが出来るように。

人もその人の世界から見ているということの認識を持つこと。

人を愛するならば、その人のために、その人を見つめ、見守り、その人のために耐え忍び、居り続けなければならない。

その人との融合のなかに居り続けなければならない。

自分とは異なる人との関係のなかに、融合し、耐え忍び待つこと、待つというよりは、居り続けること、愛をもって居り続けること。

教育しようなどという教育法はない。
その人のところまで下りて行ってその人の核心に融合することである。
そしてそこでもかの灯を静かに見つめて居り続けることである。

現実を受け入れ、それとの融合に生きること、あるいはその融合から生きること。

運命によって自己に課された人生の課題は、当然なものとして、それが重大なものであればある程に、自分をその分大きくおし広げ、受け入れてしまわなければならない。

その荷を不公平なものと思ってはならない。

私にとってそれは当然なものであり、その期間が私の人生であり、私の日常生活なのである。

その課題を特別のものと思い、その期間を早く終了してしまいたいなどと思ってはならない。

まっ直ぐに受け入れることが、一番苦しまないことである。

人間にある追求的本性が、生きる原動力である。

願わくは、その本性が真の目標に向かわんことを。

一度脱出したならば、今度は留まることを、忍耐し待つということを、融合して居るべきことを学ばなければならない。

真理を求めることは、真理を求めることから、その求め方を含む。
真理を話すことは、真理を話すことから、その話し方を含む。
生み出すことは、生み出し方を含む。

私が求めるものの求め方に知恵を与え給え。
全てに対する私がとるべき態度に知恵を与え給え。

私が真に求めるものによって、それ以下のものは規定され限定されていなければならない。

そのためにはそれ以下のものを断念するのが、その求め方であり、与えられ方である。

その求め方によって求める者のみが、それを与えられるのである。

求めよさらば与えられん、とは、正しい方法で正しいことを求め与えられるべきことである。

自分の気が進まない他人の意見に盲従していても何にもならない。所詮それ止まりであるか、干からびた最低のものになるであろう。

何事においても、自ら成してゆくことから最良のものを引き出してゆかなければならない。

そして自分が為した失敗からも、それを充分に受け止め克服することによって、それ以上のことを引き出してゆかなければならない。

いかなることも、私にとっては私のなかに起るのである。
外界が私の内面ではないのである。

最高のことも最低のことも、結局私自身の内に起るのである。
自分の内面以外のところでは、自分には何も起らないのである。

自分は常々間違いを犯す者であるという認識は、私にとって良いことである。
自分が全ての正しさの中心にあるのではないということは、私にとって良いことである。

自分が中心にあるのではない正しさに、私は無限の正しさを見る。

真実なる人間であるためには、一度は自我をすっかり棄て去って見なければならない。

そして自分勝手な感情からではなく、何がその自分勝手な感情を満足させるかではなく、何が真実であるかを見なければならない。

多くもなく少なくもなく、それ以上でもなく、それ以下でもなく、自分勝手な感情からではなく、確実な根拠によって、真実を確実に見ること。

私は私自身であり続けなければならない。

自分自身を守らなければならない。

その自己の内奥の真実を守り続けなければならない。

真実は争わない、弁解もしない、確実な存在である。

常に何事かを耐え、忍耐している状態が私の存在様式であるように、それが当たり前のこととなっているように。

辛いこと、忍耐には、救いが、助けが来る。
辛いことを受け入れていると、何時の間にか助けが来ている。

今日の祈りの内に、明日の困難を回避することなく受け入れているように。

真実を求める時がいくら辛くあろうとも、それが自分に与えられた唯一の存在様式であるならば、自分が自分であれる唯一の存在様式であるならば。

苦しいことから早く抜け出そうとするのは間違いである。
苦しみにあることが最も救われていることである。

特定の所でないところに真実を見出していなければならない。

挫折。
それは私を導いて私本来の道により着実にそわせようとする。

自分の行為には耐えなければならない。
自分が為した過ちからも、それを正しく受け止め耐えることによって、それ以上のことを見出してゆかなければならない。

議論してはならない。

沈黙の内に普遍を見ていなければならない。
真理は自ずから現われているはずである。

人に譲っていることに平安を見出しているように。

言いづらいことも、言い易いことを言うのと同じように、素直に言える人間でありたい。
自分にとって不利なことも、自分にとって有利なことと同じように言える人間でありたい。

自分の考えを何ものにも押し込めてはならない。
何々主義などではない。
私は一個の宇宙であり、そこに全てを含む総体であらねばならない。

ぼんやりしておれる時にはぼんやりしておればよい。

そのぼんやりとしている時に、私は私の限界を突き破っているのである。


読むことばかり考えていてはならない。

何のために読むのか。


自分の能力の限界を悔やむことはない。

それは私の拵えたものではないのだから。

それよりも、自分の能力に合ったものを自分のペースで着実に成し遂げてゆくことである。

自分勝手に相手の気持ちを作ってしまってはならない。

人の善意を見つめ、その他の去りゆくものには目を向けないことである。
去るものは去るにまかせ、移ろえるものは移ろえるにまかせることである。

人を評価してはならない。
人全体については何も言ってはならない。
人と対立してはならない。
人を良い人だとも悪い人だとも言ってはならない。

意味のない人間は居ない。
全ての人は確かに存在しているのであるから。

普遍的視野に立って、無限者に心を開いていること。

最も信じ合っていると思っている人達以外の人にも真実を見出していること。
最も愛し合っていると思っている人達以外の人にも愛を見出していること。

何事をも待ってはならない。
そのなかに、全ての全てであるかの灯を見つめて居りさえすればよいのである。

その時を待ってはならない。
その時は待つ時ではなく、訪れて来る時である。
そして過ぎ去ってゆく時である。

待たないということのなかに、忍耐して待つことを学ばなければならない。
私はただ、かの灯を見つめて居りさえすればよいのである。

人目につかず、そっと伸び育っているように。

四章　新しき道

二人の中で一人で生きていなければならない。
その孤独のなかにあって初めて、愛し得る、愛され得る自己を回復することが出来るのである。

なかなか与えられない時に最も与えられている。
余る程には与えられていない時に最も与えられている。
必要なものは神から与えられ、それ以上はそれから遠ざかる。

何者とも対立してはならない。
何者にも埋没してはならない。

人と対立するよりは、その人を自分の内に正しく位置づけることが出来るように。
その人の存在を正確に価値づけることが出来るように。
その人を自分の内にすっかり包んでしまえるように。

全て成るものはその人の存在の結果であらねばならない。
そこから全てが出て来るのである。

真に教えられるものは自ら教えられ、従えられるものは自ら従えられるのである。

人は、教えようなどとは思わない人からしか本当には教えられない。

自分が中心ではない他の人の心の世界を解せなければならない。

完成され上昇する人間にとってのみ人生は素晴らしいものである。

一人の人間であってよい。
そこから全てを見出してゆくのであってよい。
そのなかに神秘と宇宙がある。

私は、自分の視界を、自分から、そして宇宙へ、全てへと広げてゆかなければならない。
自分の生涯はそこから眺められなければならない。

その都度自分の力の範囲のものを受け入れ支えてゆかなければならない。

その都度時満ちて事を成してゆく。
そのための時は絶えず用意され続けているのである。

何事も神の導きにありながら事を進めてゆかなければならない。

その都度の時をよく生きるものがよく生きるものである。

人との関係にあるものにとってのみ孤独は恵みである。

現象に捕らわれてしまってはならない。
そのなかで自分を見失ってはならない。
その現象の本質を見定めていなければならない。
そうしているのが私の存在の役割である。

自分は自分自身に任せて生きよ。
自分は自分を導く自分自身を信頼して生きよ。
自分は自分自身に従うことから自分を生かして生きよ。

その人にとっての過ぎたる一切は、その人の未完成から来る。

成るものは成るようにして、成るように成るのに従うのが存在のあり方である。

散歩には特定の目的を持ってはならない。

私の人生は、一定に定められたものによらない散歩者のようであらねばならない。

自らの思索の内に充分にならないうちに喋ってはならない。

自らの思索の内に充分になっているだけでよい。

自分によく従ってゆくもののみが、よく自分であり得る。

そこから自分は自分になり、完成されてゆかなければならない。

幸福を求めてはならない。
求めてはいないところに与えられるのが幸福である。
幸福はそれで充分であり、それ以上ではないものである。

今私に必要なものは、思索と沈黙。
語るよりは考え、聴き、学ぶことである。

そこに自我はすっかり脱し切られていなければならない。

知らぬ事には沈黙し、知っていることにはなお沈黙するべきである。

私にあるだけのものを、私にあるだけに於いて、それ以下でもなく、それ以上でもなく、それだけを確実に実現していなければならない。

それだけを守り続けるならば、私の人生はそこから全うされるのである。私の人生はそれ以上であっても、それ以下であってもならない。

そこに、すでに定められてあるものを見出していなければならない。

全て在るものを、在らしめてゆかなければならない。

人間としての正しい成長にある時が至高の幸いである。

必要以上を喋ってはならない。
神の私に成せる以上を喋ってはならない。
言葉は、沈黙によって完成される。

笑ってしゃべっていなければ不安でならないような生き方は脱されなければならない。

無理に喋ってはならない。
無理に笑ってはならない。

おかしくもないのに笑いながら話すのはよくない。

絶対の普遍的価値を求めなければならない。

それが究極的に求められるべきものであって、その他のものは、その結果として自然に与えられるものである。

初めからその他のものを求めるものは、それらのその他のものをも失うものである。

充分に思索されていないことを、心で悟っていないことを、語ってはならない。
早く書き過ぎてはならない。

導かれるがままに、そこに充分に居なければならない。

読み過ぎてはならない。
食べ過ぎてはならない。
読むために、食べるためにいるのではない。

人のことを、とやかく言うことよりも、自らの行いを正してゆかなければならない。
自らの行いは正しく、他の人のことには沈黙して居よ。

常に謙虚であらねばならない。
教えること少なく、話すこと少なく、怒ること少なく、ただ黙々と自らを正し続けて居ればよいのである。

私は本当の私の内に育ち切っていなければならない。
それ以外にはあり得ない私に育ち切っていなければならない。

物知り人間には哲学がない。
直観と予感がない。

そこには人生にあるべきものがない。

人は他者と協調するためには、自由であらねばならない。

完全なものからではなく、不完全なものから、無限に入り込んでいなければならない。

それ以上に求めてはならない。
それ以上に求めたものは全てそれ以下である。

自分が不正にあると思える時には、正しいものに譲ることによって自分も正しくあることができる。

自分の身分以上のもの、自分の力以上のものを、自分のところに持ち込んではならない。

それら自分以上のものによっては、素直に、精神的にも肉体的にも苦痛を感じられるようでなければならない。

絶対必要量以上を許してはならない。
秩序ある簡素な生活、人間はそこに出来てくるのである。

避け得ぬ不都合は、不都合とは思わずに、そのなかから更に生きてゆけるように
ならなければならない。

順風でしか進めないヨットであってはならない。
全くの順風は中々ないもの、私はまだそのようなものには一度も出会ったことがない。

あらゆる方向からのものを順風に変えてゆかなければならない。
そのなかでこそ私は最も安定したペースを保っていることが出来るのである。

避け得ぬものは、勇敢に受け入れよ。
避け得ぬものに対して、それ以外の、一体いかなる方法があり得ようか。

時に乗じて、一時の無駄なく学び続けることである。
なお、そのためには、心ゆくまで充分に時間をかけるべきである。
また、決して学びすぎないことである。

文学だの哲学だのと決めてかかってはならない、自らの本性を見極めなければならない。
私の本性は文学的であり、哲学的であり、それ以上でもあるのである。

自分の世界は自分の内に創ってゆかなければならない。
自分の心のための既製の世界はない。

何事を成すにあっても、時と共に成してゆかなければならない。
時の助けを借りて成してゆかなければならない。

その都度の時をよく生きるものがよく生きるものである。

時は歴史を生み出し、一切、全てのものは歴史のなかで、時によって解決されてゆく。

苦悩は、それが人生であるならば、最後まであり続けることを知っていなければならない。

その苦悩にあっては、必要以上に自分を苦しめることなく、むしろその苦悩によって、充足し、上昇して行くようでなければならない。

自分がすっかり虚無になってしまったように思える時も、じっと忍耐していなければならない。

自分が自分にとって虚無であるということは、錯覚であるにすぎない。

充分に成る必要はあるが、早く成る必要はない。

自分の心を満たすためのようには世界は動かない。
外界を、自分の心を満たすためのもののように考えてはならない。
自分の心は、そこではないところから満たされる。

少なめに、充分なだけを。
それが私にとっての全てである。

私の気分が良かろうが悪かろうが、私の義務に変わりはない。
私の将来の良し悪しにも変わりはない。

私の現在の義務と、将来は、自分勝手な気分と思い煩いを排さなければならない。
そこに最も自然に適った私の在り方がある。

人はその勝手な気分によって思い煩い、そして考えるが、神は導くのである。

自分をよく見せようとしたり、弁解したりはしない。
それよりも生きることである。

独り悟るべきことであって、人に語るべきことではない。

少ないものを着実に。
少ないものから無限に。
無理なく、充分にである。

何かに成ろうなどと欲してはならない。
成るものに成るのである。

真実生きている自己のみを目的として居よ。

量の世界からではなく、質の世界から入れ。
量は、質のために、質の欲するだけ、必要とするだけでよい。

無限から入れ。
無限のために必要なだけの有限を見よ。
無限から入って無限のために有限なるものを見よ。
物が物として、一つの統一体として、最も美しく調和するのはその時である。

私は私自身による統一体としての、一つの美しく調和ある花を咲かせなければならない。

必要とするもののみを有するときに無限は完成する。
無限はそこに調和ある統一体として完成される。
無限のもとに必要なだけの有限が去来する。

花は咲き、雄蕊は散るが、種は無限に受け継がれる。

花の美は、そこに必要なもの全てを集めている。
花はそこに、必要なもの一切を有している。

自然の全てのものに美と調和を見出すことが出来る。
それは自然の発見であり、そのなかに秘めたる無限の統一体としての調和美の発見である。

小さな花は小さな花を
中位の花は中位の花を
大きな花は大きな花を
小でも中でも大でもよい
自分の生れついているものを
現わしていなければならない
自分の生れついた力量によって
自分の大きさに合っている花を
咲かせなければならない

自分はそっと
自分の花を咲かせていよ
それのみを目的としていよ
それ以上を願ってはならない
それ以下にあってはならない
それ以上でもなく
それ以下でもなく
その花はその花を
咲かせていよ
それが花の使命である

感性の目を養っていなければならない。
そのなかに無限がある。

激しいものの中にではなく、穏やかな日常の中に全てを見出していることが出来る。

平凡、日常の中に全てを見出して居れる感性の目を養っていなければならない。

自らの時を自らの感性のまわりに集結させよ。

多くを必要とはしない。
そこに得た一点から全てを得よ。

無理なく、着実に自分のものを、時に乗じて成してゆかなければならない。

時節を知らなければならない。
時と無関係に成してはならない。
一切は時に乗じて成されなければならない。

自然のなかに、無理のない、着実に時節に乗じている姿を見る。

冬にはよく耐え
春にはよく伸び
夏にはよく充実し
秋にはよく実るのである。

水流を見る
水流に
その在り方の
全てを見る
それ以上でもなく
それ以下でもなく
それそのものを
流れゆく

人間は
それ以上に背伸びし
あるいはそれ以下に
真の自己に対して
怠惰であったりするが
水流は
そして全自然は
それ以上でもなく
それ以下でもなく
それそのものを
常に絶えず
生き続けているのである

生きているものは、そのように生きているが故に、生きるものは、そのように生きるが故に、その生命を許されているのである。

自然には完成を、人間には未完成を見る。

人間は自然から学び、そして自然の内に安らい憩うことが出来る。

五章　続く道

家を断念せよ。
その時私の家は世界に広がる。

私の家は
世界から宇宙に広がる。

私の書斎は
戸外に
世界に
宇宙に広がる。

私の思索は
戸外に
世界に
宇宙に広がる。

安住するところに私の仕事場はない。

真実にのみ生きるべきを。
定住する家はなくとも、真実に生きて居ることが出来るならば。

ただじっと、生きているのみにして居なければならない時がある。
どれだけその孤独によく耐えていたかである。

何かにぶつかることによって生む。
誰かに出会うことによって生む。

一つ一つ失うごとに得る、そして強くなる。

避け得ぬものは受け入れよ。
それによって私の新しい才能が生み出される。

神を知っている、神を信じていると思い込んでいたあの頃よりは、神を知らない今の方が真実であるように思える。

私は、神を再び自分で見つけるのである。一度失ってからまた得始めるのである。

神と世界と我の再発見。

今、永遠を生きているべきである。

その都度、永遠を現わしているべきである。
その都度の永遠に、よく生きているべきである。
その都度に死ぬる永遠に生きているべきである。

その都度、一点の曇りなく生き死ぬる永遠に生きていなければならない。

完き生にあるものは死にある。
生は死によって完き生となる。
常に死の内に生きておれなければならない。
常に死の内に完き生を生きておれなければならない。

雲雀は歌う。
人間は自分をつくる。

常に行きづまっていながら、そのぎりぎりのところで充分に生きよ。

空腹でしか、そのぎりぎりのところでしか食わない。
余計なところで余計なものを食わない。

しかも良く味わって、充分に食べる。

節度のなかに無限がある。
節度の内に、そのものの本質が無限に現われる。

節制することによって得ることが出来る。

何によっても、どれによっても自分を確かめることが出来る。
空によっても、雲によっても、それを染める光によっても、湖水によっても、人家の煙によっても、肌に触れる山風によってもである。

花の中に自分を見ることが出来る。
自然の中に自分を確かめることが出来る。

そして花が実を結び種をのこすように、私は私のものを、その生きた結果として残す。

自然の美と秩序を見ることは神を見ることである。

自然の美と秩序に神を見る。

読まないことから読みはじめなければならない。
話さないことから話しはじめなければならない。
書かないことから書きはじめなければならない。

隠れていることから現われはじめなければならない。

読めば頭痛し
話せば口淋しく
書けば自ら嫌悪する。

詩を書いてはならない。
詩人になってはならない。

道を求めて生きよ。

言葉によってなし得ぬことは沈黙によってなし得る。
すべて沈黙のなかに永遠のなかに放っておく方が良い。

私は何からも解放されていなければならない。
何処にいるのかわからない自分を発見する。
闇のなかに包まれている。

無目的に生きよ。
一度は虚無のなかに身を投じて生きよ。
そういうぎりぎりのところで私は私であり得る。

闇が暗ければ暗い程に浮かび来る価値は明るい。

道端の雑草にも恥じよ。

一枚の
山の芋の葉にも
慰められる。

私の人生は
あの楢の梢を
深めることに過ぎない。

言葉も文体も思想も、よく生きるものに自然とそなわるものである。
よく生きる人の言葉には、無理のない自然の流れがある。

人を信じよ。
人を疑ってはならない。
人を疑うよりは、むしろだまされよ。

人の心の先を読んではならない。
それが、私が人に対して過たない道である。

自分が犯した過ちからの報復を受けよ。
それを充分に受けよ。

そしてそこに再び真実を見よ。

日常の無限のうちに、自分を確かめている。
その日常の無限のうちに、何処までも向って進む。

過程の無限が永遠である。
不完全の過程のなかに、無限が、永遠がある。

それに耐え、そしてそれを喜ばなければならない。

本来の自己に反抗する時があるが、やはり本来の自己に戻って来ている。
何時の間に本来の自己に戻って来ている。

その人のあるところに、その人の無理のない世界を持っている人。

一点のなかに無限を見る。

少ないものから無限を、多くを一つのものから。

どうしようもなく行きづまっている時、じっとして動かないで時の流れを待つのがよい。

日常最低のことのみを、着実に済ましていること。

それによって自分を支えていること。


時は、私を浄化してくれる。

私の中の煩雑なものを簡素に、そして明瞭にしてくれる。

光を求めよ。
清く正しくあることを願え。
自分の計画によって動いてはならない。
光を求めよ。
その過程において全てを見よ。
光を求めて生きよ。
闇は光を求める過程において見よ。

自分の外に求めてはならない。
自分一人のみをよく見つめて生きよ。
自分の鉱脈を探し当てていること。

有に耐え
無に耐える。

自分がそのために変わってゆかなければならないような、
あるいはそのために一切を放棄しなければならないような哲学。

自分を棄ててその哲学にならなければならないような哲学。
そのことから自分が自分であることができるような哲学。

二度目を願ってはならない。
不完全なものに無限がある。

多くを語ってはならない。
少ない言葉のなかに無限がある。

不確かに主張するよりも、沈黙の内に真実を確かに放っておいた方がよい。

ただの人の良さだけであってはならない。
責め、愛するほどの厳しさがなければならない。

責めること、愛すること。

他者に心を開き愛し創造する能力、そこに灯が点る。
愛はナルシシズムであってはならない、愛は点る灯である。

一時的には何にでもなるが、やはり本来の自分に戻って来ている。

導かれるがままに歩んでゆかなければならない。
その過程において全てを見ることが出来る。

起って来るもののみを見よ、そして受けよ。
人生はそれによって歩まれ成れよ。

ばかと言われても、変わりものと言われても黙って生きてゆける人間にならなければならない。

自然のなかに
人間のなかに
そして苦悩のなかにあって
神が見えて来る。

人間の体は労働するように出来ている。
人間の精神は苦悩するように出来ている。

苦悩しなければ精神が駄目になるが、労働しなければ肉体も精神も駄目になる。
私の精神を救うのは苦悩であり、肉体と精神の両方を救うのは労働である。

時間のなかにあると言うことは、もうすでに終わっているということである。

生きる態度のあり方である。
いかなる態度で終ったかの問題である。

私のなかにあるものを失うとき、私のなかにあるものが生ずる。

誰にも好かれるというわけにはいかない。

単に道徳的、あるいは人が良いというのではなく、そこで自らが踏むべき道徳律を見出していなければならない。

人間としての自由と崇高への道。

道徳律を支える神の内にある
人間の不死性への道。

善を行うもののみが幸福の資格者である。

自分の策によって生きてはならない。
神の内に自己を移し入れて生きよ。

悟りは求めるものではない、来るものである。
良く生きるものの心に自ずと現われて来るものである。

自分の心が素直であれば、人の心を恐れてはならない。
人に嫌われるのを恐れてはならない。
失うことを恐れてはならない。

素直に怒り、素直に謝るならば、怒り謝ることを恐れてはならない。

愛を思う時、全ての人が私の心のなかに入って来る。

花には美を
人には愛を
自らには道徳律を。

道徳は、自らが人間として踏むべき道として自分のために
愛は人のために。

美は自然を愛するがゆえに
愛は人を愛するがゆえに
道徳は自らを愛するがゆえに。

進むことを考えてはならない。
今のこの時が永遠なのである。

人生はその過程、今のこの時なのである。
その過程の無限が、人生の無限なのである。

善に、美に、積極的に生きる方に、耐えて生きる。

思索。
時間を要するものであり、時間を超えるものである。
無限と有限との総合を生きる。
師を求めてはならない、自らの出会いの内にあるものが師である。
懐かしく訪ねて見れば、その人達皆すべて別の世界の人ばかり。
今は今の人しかないのである、そして今また現われようとしている人しか。

住居よりも、何処かに生きてゆける真実の方が大切である。
私にあるのは、何処かに生きてゆける真実のみである。

私に残ったのは、私の運命のみである。

真の自己との出会いによって生きる。

時は時であるが故に
今すでに終っている。
死は死であるが故に
今すでに克服されている。
今は今であるが故に
今すでに永遠である。

良く生きることは、永遠を生きることである。

存在は永遠であるが故に、存在の前に時間は消滅する。
永遠の前に時間は消滅する。

そこに過去も未来も、時間的長短も超えた永遠がある。

幸福とは、質的過程、その永遠性にあることである。

量を追い求めることではない。

この世は常に灰色でしかない。
しかし、それは闇ではなく、絶えず光を求める明暗である。

この世に許されていることは、発展ということだけである。

一人の
人間の背後に
家族があり
友があり
民族があり
国があり
人類があり
神があることを
忘れてはならない

詩集『灯心草』永遠への道

『灯心草』の草稿は、私が二十一から二十四歳までに記した四年間の日記からのものである。

今を遡ること五十年以上前のことである。

日記の書き始めは、それより更に二年前の十九歳の時にキリスト教の洗礼を受けてのち、私は何であり、いかに生きるべきかに関する指示を神に仰ぐことによって始めたものであった。

その後間もなく念願の上智大学の英文科に入学することが出来たが、それから二年後には、今度は折角入学できた社会的な評価が高く卒業後の就職も有望であった英文科から、その正反対の状況にあると思われている哲学科に移ろうとして、自ら新たな人生の困難と波乱の中に入って行ったのである。

そしてその中で辿り着いたのが、ザヴィエル学生寮であったのである。

私はその古びた木造のカトリックの学生寮の一室での一年間程の生活の中で、英文科を去り哲学科に移りゆく決心をいよいよ固めたのであるが、当時の私にとってその決断は、先に受洗した時と同様、本来の自己を得るか失うかの深刻な選択を迫られるものであったのである。

その心の葛藤の中で『灯心草』の一章と二章は書かれたのである。

そこにまで私を導き、私を支えていたのは、まずはキリストとの出会いであったのであり、そして大学に入ってから哲学と倫理学の授業を通して知った、ソクラテスによって哲学という言葉の語源となった無知の知による真の知への愛、キルケゴールによって目覚めた本来の自己であり、さらにカントの倫理学による崇高なる義務の意識であったのである。

そこからの「汝、為すべし」を自らの内心からの叫びとして、またそれを見えざる神の導きの声として受け止め実行しようとしたのである。

「かの灯」という言葉は、その生活の中で何時の間にか私の心中深く宿り、私を導くイデーとなって行ったのである。

三章は、ザヴィエル学生寮を出たあとの一年間に書かれたものであり、それまでの単独者としての内的生活に対して、人との関係の中で他者と融和してゆこうとする姿勢が見られるものである。

四章、五章は、その後武蔵野の地域に住むことになり、自然との出会いを得、そこでの自然との交感の中で書かれたものである。

そこで書かれたものは、「新しき道」「続く道」として、続きゆき、それから実に三十年の歳月を経て、再び武蔵野に住むこととなった私の人生の運命の中で、ついに武蔵野を舞台にした詩集『武蔵野』を生み出すこととなったのである。

四、五章の道は、一、二章から始まった自己確立のための意志的自律の強い調子から、自然との融和の中で詩的な表現へ、後の短詩形へと変容してゆく予感を受けるものである。

私はもとより、詩を書いてはならない、詩人になってはならない、道を求めて生きよ、と言い自らに戒めていたものであるが、それが後に自ずと詩の形を取ることとなり、詩集として出版されるようになろうとは、全く予期せぬことであったのである。

私はそもそも、自分が書いているものが何であるのかも分からず、ただ自ずから湧いて出て来るものを、自らの生きる道しるべとしてひたすら書き留めるばかりであったのである。

私の人生の後半で書かれたものが『武蔵野』となり、二十代の青年の日々に書かれたものが『灯心草』として、時が逆転して出版されることになったことも、人生の計りがたきを思わされるものである。

こうして記された思索録と詩篇は、全く現代詩の世界とは関係の無い所で、ひたすら私自身の内省から生み出されたものである。

これらのものが、それを手に取り目にした現代の人々にどのように映り感じられるかは分からないが、その結果も今はただ私をここにまで導いて来たわが神と運命に委ねたいと思うのである。

詩集『灯心草』は、第一詩集『苧種子野』、第二詩集『桑の実』の母体であった第三詩集『武蔵野』の更に原点であったものである。

そして、詩集『武蔵野』が昨年五月に刊行されるのを見届けるようにして、続いて今年の五月刊行となったのである。

実にそれが記された時より六十年程の歳月を経てのことである。

また今回刊行の五月十七日は私の八十才の誕生日でもあり、この日をもって私は文字通り傘寿を迎えることとなり、生涯の大きな区切りとなる日となったのである。

思えば遠い道のりであった。

これらの連作詩集の第一、第二詩集を刊行して下さった小田久郎氏に、そして前回の詩集『武蔵野』と今回の詩集『灯心草』の刊行を快く引き受けて下さった小田康之氏に、そして陰ながら、先の見えない孤独で困難な道を歩行する私を、かくも長き時に渡って支えて下さった方々に、心からの感謝の念を表わしたいと思います。

二〇二三年　五月十七日

安俊暉

著者紹介

安 俊暉

一九四三年、茨城県に、在日韓国人として生れる。
上智大学大学院哲学研究科ドイツ哲学専攻卒

著書

詩集に『苧種子野』、『桑の実』、『武蔵野』(いずれも思潮社)がある。

灯心草《とうしんそう》

著者
安《あん》俊暉《としあき》

発行者
小田久郎

発行所
株式会社 思潮社
〒一六二-〇八四二　東京都新宿区市谷砂土原町三-十五
電話 〇三（五八〇五）七五〇一（営業）
〇三（三二六七）八一四一（編集）

印刷・製本
創栄図書印刷株式会社

発行日
二〇二三年五月十七日